藝術很重要

尼爾・蓋曼作品——

《美國眾神》2017年5月

《蜘蛛男孩》2017年5月

《無有鄉》2017年6月

《星塵》2017年6月

《北歐眾神》2017年7月

《好預兆》2017年12月

《從邊緣到大師》2018年1月

《M，專屬魔法》2018年5月

《煙與鏡》2018年6月

《易碎物》2018年9月

《萊緹的遺忘之海》2020年1月

《藝術很重要：因為想像力可以改變世界》
2020年2月

藝術很重要

文／尼爾·蓋曼
圖／克里斯·瑞斗

HEADLINE

我喜歡文字與圖畫融合在同一頁面的模樣。我也發現，當睿智的文字有了視覺，似乎能在網路上傳得更遠，就如乘著上升氣流的紙飛機。尼爾的文字是我見過最睿智的，當我為它繪製插畫、貼上網路，得到的回應也十分美好。見到它們收入這本裝訂精緻的小書中，更是令人愉快。

克里斯·瑞斗

目錄

只要你創造出原先沒有的事物，
這世界就比前一秒更美好。

尼爾·蓋曼

我相信，意念很難殺死，
因為意念無形，有感染力，
而且速度飛快。

我相信，你能用自己的意念去對抗你不喜歡的意念；你能自由地去主張、解釋、澄清、爭辯、冒犯、侮辱、憤怒、嘲諷、歌唱、表演，並且表示否認。

我不相信焚燒、謀殺、炸死他人、
拿石頭砸爛人的頭顱
（好讓壞的想法流出來）、
把人淹死、甚至擊潰他人，
就能打壓不合你心意的想法。

這些念頭如同雜草，
來自你意想不到的地方，
而且難以控制。
我相信，
壓迫意念將使得意念擴散。

我相信，人、書本與報紙裝載意念，
但燒死那些擁有意念的人，就跟燒毀報
紙檔案庫一樣不會成功。
太遲了，永遠都是來不及的。意念已經流
傳出去，藏在人的腦袋深處，在他們的思
緒裡靜靜等待。
那些意念可以輕聲低語；在夜深人靜時寫
在牆上；也可以畫下來。

我相信，意念不必非得正確才能存在。

我相信，你有絕對的權利去堅稱神或先知的存在，或你尊敬的人是神聖而不可違抗。

就像我有權利堅稱

某演說內容是莊嚴神聖，

而我的出言嘲諷、評論、主張和發聲等權利，也有其不可侵犯性。

我相信，我有權思考並述說錯誤的事；
我相信，對此你的因應之道
應是與我爭論，
或是忽略無視；
假若我認為你的想法有誤，
我也應該採取相同的因應之道。

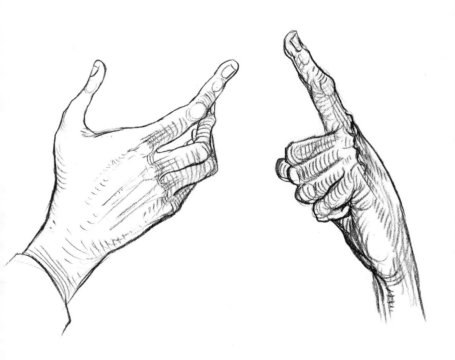

我相信，你有絕對的權利認為我的想法
毫無道理、愚蠢荒謬或危險；
而你有權去說、去寫、去散布此事。
而我沒有權利殺害、殘害、傷害你，
或奪走你的自由或財產，
只因我認為你的意見有威脅性、侮辱
人，或根本令人作嘔。
我想你也許也認為
我的一些意念同等惡毒。

我相信，槍與意念的交戰，
意念終究會獲勝。
因為意念是看不見的，意念會駐足停留。
有些時候，意念甚至等於真理。

Eppur si muove1：
但它還是會移動的。

NEIL
GAIMAN

CHRIS
RIDDELL

我們的未來
為什麼仰賴
圖書館、閱讀
和白日夢

我建議各位，
你們能做最重要的事之一，
就是閱讀小說。
純粹為了樂趣而閱讀。
我強烈呼籲大家要了解圖書館與圖書館員
所扮演的角色，
以及維護兩者的重要性。

很明顯，我的立場嚴重偏頗：

我是個作者，經常寫小說；我為兒童寫書，也為大人而寫。大約30年來，我一直靠著寫字（多半是虛構的）過活。

人會閱讀，會讀小說；圖書館及圖書館員的存在意義，就是協助培養大眾對閱讀的喜愛，創造有閱讀行為的世界。

很顯然完全與我利益相符。

所以我說我是個立場偏頗的作家。

但我同時也是立場十分偏頗的讀者。

當我們閱讀，一切就能改變。

無法理解彼此的人無法交換想法，
也不能溝通；想確保我們養育出具讀寫素
養的孩子，最簡單的方法就是教他們閱
讀，並且示範給他們看，
讓他們知道
閱讀是一件充滿樂趣的事。

我不認為有所謂對孩子不好的書。
這都是胡說八道。勢利又愚蠢。
我們需要孩子爬上閱讀的階梯。
他們愛讀的一切都會使他們往上爬，
一階又一階，進入讀寫的領域。

閱讀的時候，你會找到一些什麼。
當你在這個世界向前邁進，這個「什麼」
會非常重要，那便是：

這世界有改變的可能。

其實可以有所不同。

小說能建立同理心。

它是由26個英文字母和許許多多標點符號構成的，你可以透過故事——不需要別人，你自己就行了——用想像力創造出一整個世界，放入不同的角色，並從別人的角度看事物。

你可以試著當一回「別人」；

而當你回到自己的世界，你會有些許不同。

我很幸運。在成長的階段，我住的地方有一間很棒的圖書館。而我遇到的圖書館員完全不在意一個沒人陪的小男孩。這個孩子每天早上走到兒童圖書館，努力查閱目錄，尋找裡面有提到

鬼怪、魔法或火箭的書；
找有吸血鬼、偵探、巫婆或
各種奇譚的書。

那些圖書館員人都很好。他們喜歡書，
也喜歡有人看書。

他們對我閱讀的書沒有一點看不起，真心
覺得有個熱愛閱讀的大眼小男孩很棒。

他們會跟我談我正在看的書，會替我找其
他書看。

他們願意幫忙。

他們尊重待我。身為一個8歲小孩，
我不太習慣受到尊重。

圖書館的意義是自由。
閱讀的自由、
想法的自由、溝通的自由。
圖書館的意義是教育。

圖書館的意義是娛樂，
是建立一個安全的空間，
是關於資訊的取得。

我不相信所有的書都會或都該搬上
銀幕。

道格拉斯·亞當斯曾向我指出這點，
而且是早在電子書出現的20多年前。
他說，實體書就像鯊魚。

鯊魚很古老，在恐龍出現之前，海裡
就有鯊魚了。
但現在鯊魚依舊在，因為比起變成
其他動物，鯊魚做自己做得很好。

實體書是強健而且難以摧毀的；
不怕洗澡噴到水，太陽晒不壞，
拿在手中觸感很好。
實體書就擅長當實體書，永遠都有安身
立命之處。

圖書館是安全之處，
是置身世界之外的天堂，
裡頭還有圖書館員。

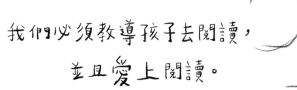

我們必須教導孩子去閱讀，
並且愛上閱讀。

我們需要圖書館。我們需要書。
我們需要識字的公民。

書是亡者與我們溝通的方式。
讓我們得以從這些不在人世的人身上學習，
　是人類攢下的智慧，
　並持續累積、進步，
　使知識不斷增生，
　不至於一次又一次不斷重來。

我們有義務為樂趣而閱讀。
假如其他人看見我們的閱讀行為，
便是讓其他人知道閱讀是件好事。

我們有支持圖書館的義務；
因圖書館遭到關閉而抗議。
假如你不重視圖書館，就等於造成
過去的噤聲，並且破壞未來。

小說是訴說真相的謊。
我們有做白日夢的義務。
我們有想像的義務。

假裝沒人能改變一切、
假裝社會很大、個人渺小，
當然很容易。
但事實是：

人能創造未來，靠著想像
「事情可以有所不同」
而創造未來。

曾經有人問愛因斯坦，
我們該怎樣才能把小孩變聰明。

他說，
「假如你想要你的孩子變聰明，
念童話故事給他們聽；
假如你想要他們才智過人，
就念更多童話故事給他們聽。」

願我們能給予孩子這樣的世界——
他們會閱讀、有人會念書給他們聽；
這個世界是他們能夠想像、
也能夠了解的地方。

NEIL GAIMAN

CHRIS RIDDELL

我做了
一張椅子

今日我打算開始寫作。

各種故事等著降臨，一如遠方的暴風雨，

　　　在灰色地平線上轟隆閃動。

但眼前有電子郵件，

有說明，有書，一整本書，

關於一個國家、關於一個旅程，

以及我將寫下的信念。

我做了一張椅子。
我用刀打開了個厚紙箱，
（我組好刀片）
拆下零件，小心翼翼，拿到樓上

這是為今日的工作空間準備的機能型座椅。
我把五個小輪壓進底座，
聽它們發出令人心滿意足的「啵啵」。

我用螺絲起子裝上扶手，
努力分辨哪邊是右，哪邊是左，
螺絲卻跟說明講的不同，
椅墊下的底座，
說要用上6個40厘米的螺絲，
（好怪，這裡卻有6個45厘米的螺絲）

先是頭枕到椅背，再是椅背到椅墊，
兩側的中間螺絲漸漸下滑、
威脅著要刺破什麼，
那是一切問題的起始，

這需要點時間。組椅子的時候，
歐森·威爾斯就是舊收音機中的哈利·萊姆。

我椅子還沒做完，

歐森已遇見少女，
他遇見騙子算命師，遇見胖子，
遇見流亡中的紐約黑幫老大，
並和少女共度一夜，解開謎題，
劇本念完，錢也揣到口袋中。

創作一本書和做一張椅子有點點像。
也許也該加上警示語，
就如椅子的說明，
每本書都塞上一張折起來的紙，
警告我們說，

「一次只能一個人」

「不要拿來當凳子或踩腳梯」

「要是不遵照警示，
可能造成嚴重的後果」

某天我會寫另一本書，
當我寫完，
我會爬上去；
像爬凳子，或爬踩腳梯。

或一把於秋日時分
架在李子樹上的老舊木製長梯。

接著我會離開。

但現在，我得先遵照警示，
做好
這椅子。

做好
藝術

我一抓到機會就逃離學校。
光是想到
在成為我一心想當的作家之前

還要被迫念4年的書，
我就覺得快要窒息。

我踏入這個世界，開始寫作，
寫得越多，越能成為好的作家，
　　我繼續寫，
似乎沒人在乎我是否純屬虛構。

他們讀了我寫的東西，
付錢買下……
或不付錢。
但他們時常會再委託我寫點別的東西。

這讓我對高等教育產生健康正面的看法，
而我那些上了大學的親友對高等教育
的想法也早早改變。
回首來時路，我經歷了一段精采的旅程。

我不敢說這能稱為「職業」，因為如果
說「職業」，那就暗示我有某種規劃
——但我從來沒有計畫。

最接近規劃的應該是我15歲寫的清單，
上面列舉我想做的每件事：

寫大人的小說、
童書、
漫畫、
電影、
錄製有聲書、
替《超時空博士》
寫一集劇本

……等等。

我從來沒有想過職業，只是照著清單
去做。

因此，我想，我要告訴各位的，
是我希望我一入行就知道的事，
以及當我回顧過往，
我原本就很清楚的一些事。

而且，我會將我獲得最棒的建議
告訴各位，儘管我完全沒有照著做。

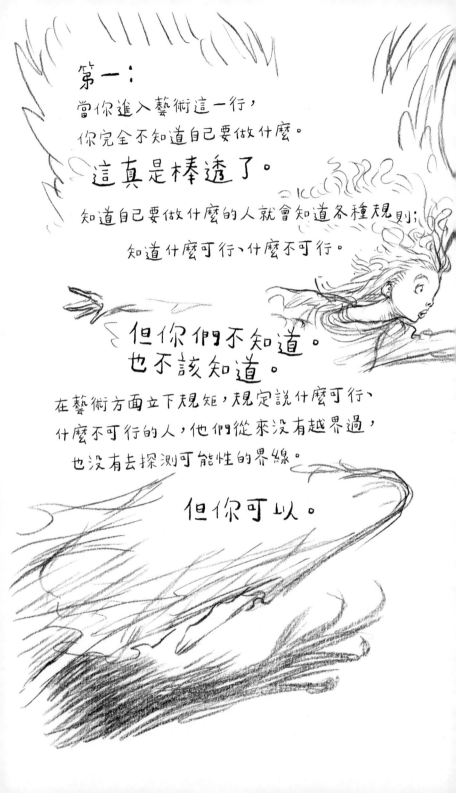

第一：

當你進入藝術這一行，
你完全不知道自己要做什麼。

這真是棒透了。

知道自己要做什麼的人就會知道各種規則；

知道什麼可行、什麼不可行。

但你們不知道。
也不該知道。

在藝術方面立下規矩，規定說什麼可行、
什麼不可行的人，他們從來沒有越界過，
也沒有去探測可能性的界線。

但你可以。

假如你不知道這不可能，
做起來就簡單多了。
因為以前沒人做過，所以他們沒制定
什麼規則來阻止想要這麼做的人。

現在還沒。

第二，

如果你們想到點子，這個點子是你在這裡的原因，

那就放手去做。

這聽起來非常困難。

但有時你會發現——

比想像中簡單很多。

因為一般來說，為了去到你想要的位置，先要做非常多的事。我想寫漫畫、寫小說、故事和電影，所以我當了記者，因為記者可以發問，而且可以靠這種方式搞清楚這個世界如何運作。此外，為了完成我的工作，我得要不斷地寫，而且要寫得好。有時別人付我錢是要我將故事寫得精簡但聳動——有時是相反——而且還要準時交稿。

有時候，要達成心願的方法一清二楚，
有時，你卻難以確定自己在做的事到
底正不正確。
因為你必須在你的目標、希望，
如何餵飽自己、清償債務、找到工作、
安於現狀之間找到平衡。

有個方法對我很有用：

把我想做到的目標

（例如成為作家，尤其是小說家，

寫出好書、寫出好漫畫、

　　　　用文字來養活自己）

想像成一座山。

那遠遠的山就是我的目標。

而我知道，只要繼續大步朝著山走去，

　我就不會有事。

當我迷惑，我可以停下，思考一下
我在做的這件事到底是讓我靠近了山，
還是遠離了山。

我推掉雜誌編輯的工作，它的薪水不錯，
可是我知道，儘管這工作很吸引人，
但它們都會讓我遠離那座山。

假如那些工作早一點出現，我說不定會
接受，因為那些工作當時的位置比我更
接近那座山。

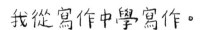

我從寫作中學寫作。

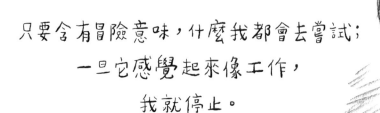

只要含有冒險意味，什麼我都會去嘗試；
一旦它感覺起來像工作，
我就停止。

因為人生跟工作並不一樣。

第三，
當你上路，就要面對失敗的問題。
你得把臉皮練厚一點，你要知道，
不是每個案子都能成功。

自由業人生和藝術這行飯，就像在荒島
上把訊息丟進瓶子，寄望著哪個人找到
你的瓶子，打開來讀訊息，在瓶子裡放
個回信。

像是賞識，像是委託，或一筆錢，或者愛，
然後讓它漂回你手中。
有件事情你一定要接受：
也許你得拋出100個瓶子才會回來一個。

失敗帶來的問題
就是會讓人挫敗、絕望和飢餓；

你希望事事如意——
而且是馬上就要如意。

但往往天不從人願。

我的第一本書是傳記，為了錢寫的。
我用那本書的預付版稅買了一臺電動打字機。
其實那本書應該要很暢銷，為我賺進大把
鈔票——要不是在首刷賣光到二刷的中間
出版社倒閉關門，連版稅都沒來得及算
給我，書早就暢銷翻了。

我也只能聳肩了。

至少我還有電動打字機，還可以付兩個月
房租。我決定未來再也不要只為錢而寫。
因為，這樣要是你沒賺到錢，就什麼也得不
到了。如果真能做出引以為傲的作品，
就算沒得到錢，**至少我還有我的作品。**

有的時候，我會忘了這條規定。
但是只要我忘記，
大宇宙就會狠狠踹我一腳
予以提醒。

凡是只為錢去做的工作，
我獲得的除了慘痛的經驗之
外什麼也沒有。
而且通常最後我也沒拿到錢。

假設我做這些事是因為有意思，
而且想用自己的雙眼看著成果實現，
那麼我倒是從沒失望過。
而且我也不後悔自己投入的時間。

失敗的問題是最難解的。
成功的問題可能更難，
因為沒人會警告你。
就算是再小的成功，
你會遇到的第一個問題
就是深深相信這只是僥倖，
隨時都會有人揭穿你的真面目。
「冒牌者症候群」。
我的太太亞曼達將之稱為「詐欺警察」。

就我的例子，我相信有一天會有個人來敲我家的門，他會拿著一塊記事板（我不知道為什麼他要拿著記事板，可是在我腦海裡他就是這副模樣），站在門口跟我說，結束了，他們抓到我了，我現在要去找份真正的工作，不可以再天馬行空亂說話，不可以讀我想讀的書。然後我會靜靜地走開，去找個正經的工作，早起打領帶，再也不胡說八道。

而成功的問題在於太真實。

假使幸運，你們會經歷到的。

到那個時候，你不會再對每件事情滿口答應，

因為你丟到海裡的瓶子全帶著回應回來了，

你現在要學習的是怎麼說「不」。

我看著我的同輩、朋友和比我年長的人，
有些人落入多麼悲慘的境地：他們會跟
我說，他們再也無法想像過去那個曾經
能隨心所欲的世界，因為現在他們必須
月復一月賺到一定的金額，只為了維持現
在所在的位置。他們無法抽身去做真正
重要或真心想做的事。

這感覺就跟失敗一樣慘。

再來，成功最大的問題在於：全世界都會
偷偷聯合起來阻止你去做正經事，
因為你是成功人士。

某天，我突然一個抬頭，發現自己竟然成
了回電子郵件的專家，寫作只是我的嗜好。
於是我開始減少回信頻率，便發現自己創
作數量又變多。我鬆了口氣。

第四，

我希望你們犯錯。假如你犯錯，表示你
有在做事。而且錯誤本身可能非常有用。
我曾在一封信裡拼錯「Caroline」這個字。
我把a和o換了位置，但我又馬上想，
　　「感覺好像真的有
　　　　Coraline 這個名字⋯⋯」

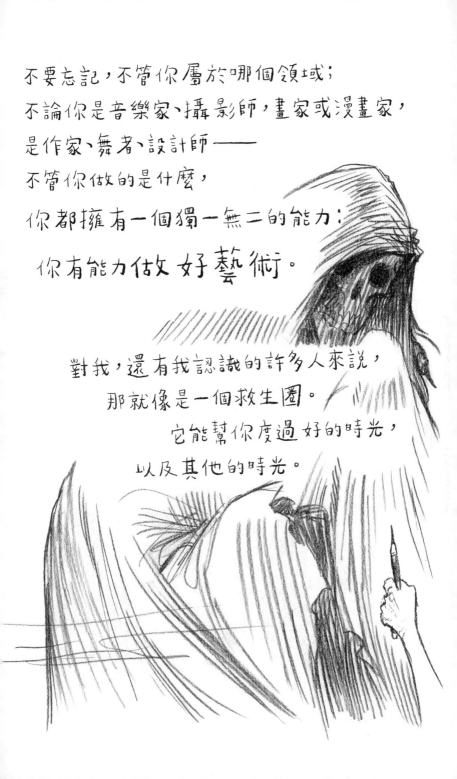

不要忘記，不管你屬於哪個領域；
不論你是音樂家、攝影師，畫家或漫畫家，
是作家、舞者、設計師——
不管你做的是什麼，

你都擁有一個獨一無二的能力：

你有能力做好藝術。

對我，還有我認識的許多人來說，
那就像是一個救生圈。
它能幫你度過好的時光，
以及其他的時光。

人生有時艱難。
諸事不順，
生活、愛情、
生意、友誼、健康
以及所有種種都可能出錯。

每當不如意，
你該做的就是……

做好
藝術。

我認真的。

老公跟政客私奔？

做好藝術。

腿跌斷又被變種蟒蛇一口吃掉？

做好藝術。

啪—啪—
啪—
啪—
啪—

國稅局查到你頭上？

做好藝術。

貓爆炸了？

做好藝術。

網路上有人認為你的作品
　　既蠢又討厭，
或是以前早就有人做過？
做好藝術。

也許事情多半能解決、
時間最終會消解傷痛，
但是那都無所謂。
就做你最拿手的事。

做好藝術。

日子順遂也要
做好藝術。

第五，

當你創作，

　　做只有你能做到的事。

最初你難免會想模仿。這不是什麼不好的事。
大多數人都是先學習他人表達的方式，才找到
自己的聲音。

　　但有一樣事物是只有你有，
　　　別人絕對沒有的：
　　　　你自己。

你的聲音，你的心靈，你的故事，
　你的觀點。所以就去寫、去畫、去創造、
　　去演、去舞蹈，用只有你
　　　　　能做到的方式。

一旦你覺得自己（隱約）
像是赤裸裸走在大街，
把你的內心與內在毫無遮掩地
暴露出來，
洩漏出太多自我，
那正是你開始走對方向的時候。

我最成功的作品就是我最沒把握的作品，
　我很確定，要是那些故事沒成功，

一定會變成丟臉的失敗之作。
大家只要聚在一起，就會拿來當閒聊話題，
　　嘲笑到世界末日。

　這些作品都有一個共同之處：
當人們回顧過去，自會有一套理由，解釋它們是
因為這樣那樣，所以必定成功。可是當我寫作，

　我其實毫無頭緒。
　現在也還是沒有。

　可是，如果你每次都做一定會成功的事，
　　　還有什麼樂趣？

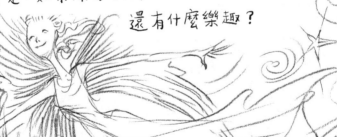

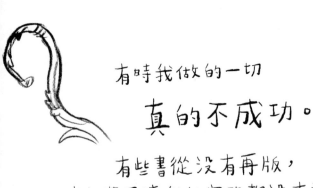

有時我做的一切

真的不成功。

有些書從沒有再版，
有些甚至連我的家門都沒有離開。

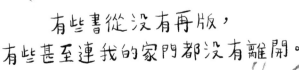

但就像那些我從成功學到的一切，
我從這些故事也學到了不少。

第六，
我會傳授你們一些自由工作者的祕訣。

握有祕訣永遠都是好的。

而且對任何一個想要為他人創作、
想踏入任一領域的新手自由工作者，都是非常有用。
我是在漫畫界學到這些祕訣，不過，
用在其他領域也行得通。我的祕訣就是：

人們獲得僱用的原因……其實沒有什麼原因。
說一個我的例子。我做了某件事，在這個時代，這
種事都很容易查，而且還會害我惹上麻煩。在從前
那個「前網路時代」，我剛入行，這個策略感覺其
實滿合情合理的：編輯問我曾在誰的底下工作，我
撒了謊。我列出一堆可信度很高的雜誌，口氣聽起
來也很有自信，於是我得到了工作。後來我為了名譽，
真的努力替我當時列出的每家雜誌寫稿，這樣就不
太算說謊了吧……我只是有點弄混順序啊。

但不管你是怎麼得到工作的，
反正你就是得到了。

在自由工作者的世界裡，大家仍在持續努力，
時至今日，自由業的範圍越來越廣，

因為：

1. 他們東西好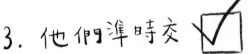

2. 他們好相處 ☑

3. 他們準時交 ☑

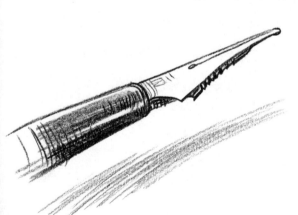

你其實不用三者皆備，
只要做到其中兩項也是可以。

不管你有多難相處別人都可以放一邊 ☒
只要你的作品好 ☑
又準時 ☑

遲交就可以原諒 ☒
如果作品好， ☑
他們又喜歡你， ☑

又或者東西不是最好 ☒
可是你準時交件 ☑
而且他們也喜歡你，也是可以 ☑

我努力回想這些年來我得到最好的建議，
是一個人告訴我的：

史蒂芬·金。

20年前，
我因《睡魔》登上成功的巔峰。

我在寫一部漫畫，它很受歡迎，大家也很認真看待。
　　史蒂芬·金也喜歡《睡魔》，以及我和
泰瑞·普萊契合寫的小說《好預兆》。當他看到一
長串索取簽名的狂熱粉絲等等景象，他給我的建
議是：「這真是太棒了。你應該好好樂一下。」
　　　　但我沒有。

這是我得到最好的建議。然而我不斷煩惱東、煩惱西；我煩惱下一個截稿日、下一個點子、下一個故事。接下來14、5年，我沒有一刻不是在腦中寫作或想著寫作；我完全沒有看看周遭，說一句：

「這真是太有趣了。」

真希望我有更樂在其中。這是一段最最神奇的經歷，但我卻錯過了，因為我太擔心會出錯，我擔心接下來不知道會發生什麼事，

結果無法享受當下。
我想，這是我學到最深刻的教訓：

你該放手，
好好享受這趟旅途，
因為，這次經歷會帶著你去到

精采非凡的意外之境。

我祝各位幸運。
幸運很有用。

你可能常會發現，你工作越努力，
而且用越聰明的方式工作，
運氣就會越好。

幸運的因素的確存在，而且真的有用。

我們處在一個轉變中的世界，因為傳播的本質在改變，創作者得以將作品外推，保住自己遮風避雨的小天地。另外，買三明治填肚子的方式時時刻刻都在變。

我跟出版界、書籍銷售等相關產業中位於食物鏈最上層的人談過，沒人知道兩年後的世界會變成什麼模樣，更別說10年後。

上世紀所建立的傳播管道正在變化，對出版、視覺藝術、音樂等各領域的創作者而言，都是一樣。
也就是說，這個趨勢令人感受到威脅，但另一方面，卻也代表無邊無際的自由。

所有法則、預設，
被我們視為理所當然的行規，
包括你該用什麼方法讓別人看到你的
作品，下一步該怎麼走——

全數瓦解。

那些守門員都不在了。你就放手去發揮，
去展現你的創作。電視、YouTube和網路
（以及所有在YouTube和網路之後又冒出來的
新發明）能讓更多人看到你。

舊規則已經不在，
新的規則還沒人知道。

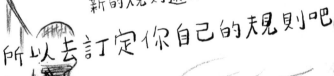

所以去訂定你自己的規則吧

最近有人問我，要怎麼做一件她認為很難的事。
就她而言，這件事是錄製有聲書，我建議她先假
裝自己辦得到。不單單是假裝去做，而是假裝自己
已經是高手中的高手，是本來就能做到的人。
然後她在錄音室牆上貼了一張條子，
她說相當有幫助。

我超會做
有聲書

所以，多用頭腦。
因為這世界需要更多智慧，如果你沒辦法，
就假裝，然後做出有智慧的人會做的事。

去吧，
去犯下有趣的，令人驚奇、盛大而美好的
錯誤。

打破規則。
讓這個世界因為有你而變得更有意思。

做好藝術。

NEIL GAIMAN

CHRIS RIDDELL

結束

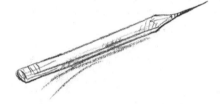

尼爾·蓋曼 Neil Gaiman

　　暢銷作家，創作領域不限年齡，包含書籍，圖文小説，短篇故事，電影，電視等。作品有《無有鄉》、《第十四道門》、《墓園裡的男孩》、《萊緹的遺忘之海》、《從邊緣到大師》，與受到高度讚譽、提名艾美獎的改編電視影集《美國眾神》。

　　他奪得多項文學大獎，也撰寫《超時空博士》的腳本，合作的作家、藝術家包括泰瑞·普萊契，克里斯·瑞斗與戴夫·麥金。《睡魔》亦在經典圖文小説之列。2017年，他成為聯合國難民署難民救濟總署（UNHCR）親善大使。正如喬治·馬汀所言：「再也沒有像尼爾·蓋曼這樣的人。」

🐦 @neilhimself

克里斯·瑞斗 Chris Riddell

　　英國當代傑出繪者之一。撰寫、繪製的書籍範圍之廣，並是多個插畫獎項常勝軍，包含聯合國教科文組織獎，三度得到格林威獎，以及2015年的海伊文學藝術節獎章，並被稱為「當代最傑出的插畫家」。他亦為水石書店2015至2017的兒童文學桂冠作家。

　　克里斯同時也是享譽盛名的政治漫畫家，作品刊於《觀察雜誌》（Observer）、《文學評論》（Literary Review）、《新觀點》（New Statement）。

🐦 @chrisriddell50

譯者

沈曉鈺

美國西蒙斯大學兒童文學碩士。小說譯作有《北歐眾神》、《五星豪門》、《波西傑克森：終極天神》、【埃及守護神】系列、《女王，請聽我說》。

林琳

淡江大學英文系畢。

偽台北人，喜歡貓和跑步。

CREDITS

繆思系列 035

藝術很重要：因為想像力可以改變世界
Art Matters: Because Your Imagination Can Change the World

作者	尼爾·蓋曼（Neil Gaiman）
繪者	克里斯·瑞斗（Chris Riddell）
譯者	沈曉鈺、林琳
社長	陳蕙慧
總編輯	戴偉傑
副主編	林立文
封面設計	萬亞雰
電腦排版	極翔企業有限公司

讀書共和國 出版集團社長	郭重興
發行人兼 出版總監	曾大福
出版	木馬文化事業股份有限公司
發行	遠足文化事業股份有限公司
	地址 231 新北市新店區民權路 108 之 4 號 8 樓
	電話 02-2218-1417　傳真 02-8667-1065
	email: service@bookrep.com.tw
	郵撥帳號 19588272 木馬文化事業股份有限公司
	客服專線 0800221029
法律顧問	華洋國際專利商標事務所　蘇文生 律師
印刷	呈靖彩藝有限公司
初版 3 刷	2022 年 9 月
定價	新台幣 350 元

ISBN 978-986-359-753-7
有著作權　翻印必究

國家圖書館出版品預行編目 (CIP) 資料

藝術很重要：因為想像力可以改變世界 / 尼爾.蓋
曼 (Neil Gaiman) 著；沈曉鈺，林琳譯. -- 初版. --
新北市：木馬文化出版：遠足文化發行, 2020.02
　　面；　公分. --(繆思系列；35)
譯自：Art matters：because your imagination can
change the world
ISBN 978-986-359-753-7 (精裝)
1.蓋曼 (Gaiman, Neil) 2.文學與藝術 3.學術思想
4.讀物研究
810.76　　　　　　　　　　　　108020856